TOP SECRET

Diario de Amelia

de
Marissa Moss
(y por supuesto, mío, ¡Amelia!)

NO ABRIR

PELIGRO: RADIOACTIVO

EDAF
www.edaf.net
Libros para jóvenes lectores
Madrid – México – Buenos Aires – San Juan – Santiago – Miami
2010

Este diario está dedicado a Simon,
que sabe cómo ser un buen amigo,
y para los que escriben diarios
en todo el mundo.

EDAF

LIBROS PARA JÓVENES LECTORES

Impreso en China

Departamento de publicaciones
para niños
EDAF, S. L.
Jorge Juan, 68. 28009 Madrid
http://www.edaf.net
edaf@edaf.net

Aquí trabaja
gente muy
simpática →

No vale curiosear,
ni copiar,
ni plagiar
↙ ¡¡Y punto!!

Un libro de Amelia™
Amelia™ y el diseño del diario en blanco y negro
son marcas registradas de Marissa Moss.
Diseño del libro: Amelia
(con la ayuda de Lucy Ruth Cummins)
Elaborado en China.
ISBN: 978-84-414-2539-2

¿Bon jour?

Cable
telefónico
¡es para ti, Ellas?
↓

Todas estas cosas tienen la misma forma

← Gusano

Pasta de dientes →

← Coleta

Las maletas empaquetadas

Mi madre me regaló este diario. Me dijo que escribir mis pensamientos me haría sentir mejor. ¿Por qué me iba a hacer sentir mejor un estúpido diario? NADA puede hacerme sentir mejor, excepto volver a casa, a mi vieja casa, no a esta nueva, en una nueva ciudad, en un nuevo Estado.

Casi pierdo el yoyó que brilla en la oscuridad. ← Estaba debajo de la cama.

¡¡¡ODIO ESTE SITIO!!!

Mudarse ha sido ~~estraño~~ extraño. Un camión enorme vino a nuestra casa, y TODO lo que había desapareció en su interior. Todos nuestros muebles y ropa, y platos, y la aspiradora (¿lo he escrito bien? Incluso mi colección de gomas del pelo de colores.

¿Por qué será que siempre escribo mal esta palabra? ¿Por qué la palabra extraño es tan extraña?

Montañas y montañas de cajas con todas nuestras COSAS en su interior

Entonces la casa se quedó vacía y triste. Le dije adiós a mi habitación. En realidad, también es la habitación de Cleo; quiero decir que también era la habitación de Cleo.

Pomo de la puerta →

Por favor, ¡ llamad antes – son órdenes de Cleo!

La puerta de mi habitación (que ya no lo será más). ← Cartel en el pomo de la puerta (esto también lo hemos empaquetado)

GGnnaagrakk! GGnnaanga ag

Nuestra vieja casa

Nuestro viejo buzón

VENDIDO

Nuestro viejo árbol

Cleo está emocionada al mudarse, porque en la casa nueva ya no tendrá que compartir habitación conmigo. Cada una tendrá la suya propia. ¡Es genial! ¡Estoy hasta las narices de sus neuras!

Cleo, con sus grandes labios y su nariz enrollada. Por eso la llamo Nariz de Gelatina enrollada. ¡Lo odia!

PFFTT!

Ella se cree Doña Perfecta, simplemente porque da la casualidad de que nació primero. Sin embargo, yo sé secretos sobre ella que demuestran que no es tan perfecta. ¡Como que ronca, y como que se mete el dedo pequeño en la nariz!

← Cleo roncando. ¡Qué aburrido!

¡Ohhh, qué asco!

Cleo no lloró cuando nos marchamos, pero yo sí ← Lágrimas

Ventanas al descubierto, sin ni siquiera cortinas

Yo misma elegí este papel para la pared.

Puerta del vestidor

Mi vieja habitación VACÍA.

Mancha misteriosa en la alfombra de mi volcán para el proyecto de ciencias.

Enchufe. Mi lámpara iba aquí.

Le regalé este reloj a Cleo el año pasado. ¿Alguna vez me lo ha agradecido? ¡No!

Postes telefónicos. → Hemos visto muchos durante el viaje.

A esto se le llama perspectiva, si dibujas desde un ángulo. ¡Es difícil!

Después nos metimos en el coche, y tardamos 3 días en llegar a la casa nueva.

3

En cada restaurante en el que parábamos a comer o cenar, Cleo pedía EXACTAMENTE lo mismo: Hamburguesa y patatas fritas. ¡SIEMPRE! ¡Qué aburrimiento!

Le dije que se iba a convertir en una hamburguesa ENORME Y GRASIENTA. De hecho, ya empezaba a oler como si lo fuera. Se rio de mí y se metió patatas fritas en la nariz hasta que mamá le dijo que parara.

El bote de ketchup visto desde abajo

El bote de ketchup visto desde arriba. Así es fácil.

Chicle viejo

Cleo haciéndome burla con las patatas fritas en la nariz.

Guardé cerillas de todos los restaurantes. Ahora tengo una colección.

m's
(415) 333-212?

MEX

Guardé pastillitas de jabón de los hoteles.

Tendría tres bonitas pastillitas de jabón, pero Cleo me cogió una. ↑

Lo mejor de mudarse (lo único positivo de mudarse) fue comer en restaurantes y dormir en hoteles. En los hoteles no tienes que hacerte la cama, puedes dejar las toallas en el suelo, puedes saltar encima de la cama, y, lo mejor de todo, puedes ver tele por ¡¡¡CABLE!!!

¡Hip hip Hurra!

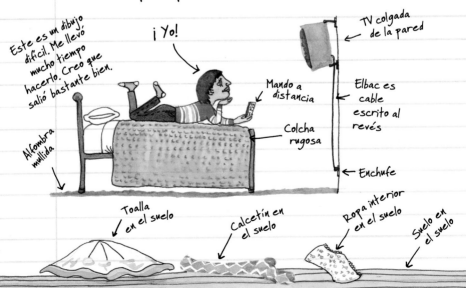

Este es un dibujo difícil. Me llevó mucho tiempo hacerlo. Creo que salió bastante bien.

¡Yo!

TV colgada de la pared ←

Mando a distancia

Elbac es cable escrito al revés

Colcha rugosa

Alfombra mullida

← Enchufe

Toalla en el suelo

Calcetín en el suelo

Ropa interior en el suelo

Suelo en el suelo

Lo peor es que cada día estaba más lejos
de casa. Ya echaba de menos mi casa, mi colegio, y en
especial, a mi mejor amiga, Nadia.

Mi mejor amiga, Nadia,
lleva braquets en los dientes;
por eso normalmente sonríe con
la boca cerrada. La dibujo con la
boca abierta porque me gustan
sus braquets brillantes.
Parecen unas vías de tren
en miniatura. O una cremallera.

Pasta de gelatina   Migas de galleta
en el tren de los
braquets.

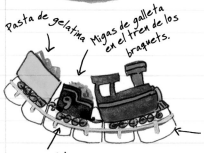

Vías del tren

Cremallera en la boca
(¡ Nadia no la necesita,
pero Cleo sí!

Esto son dientes

Nadia me prometió que
me escribiría muchas cartas y me hizo
un gran regalo de despedida. Una caja de
24 rotuladores. Los utilizo en este
diario y cuando le escribo.
Ya le he escrito

 postales.

También me
dio algunos
sellos para
que pudiera
enviarle cartas.

Postcard 1 (top):

Lago Poobah
Un lugar genial para ir de vacaciones ●

Querida Nadia,
Estoy cansada de estar
en el coche todo el día
y jugar al bingo de viaje
Cleo. Espero que el
amiento habrá estado
iba a
via
en
m

Semana para comer brócoli
0.30 €

Nadia Kurz
Calle Sur 61
Barton, CA
91010

X X O X X O X X O X X
♡

Postcard 2 (map):

Saludos desde
CALIFORNIA
the Golden State

• EUREKA   • MT. SHASTA
REDWOOD TREES
LASSEN
SUTTER'S FORT
NAPA
GOLD SACRAMENTO
LAKE TAHOE
WINE
GOLDEN GATE BRIDGE
• San Jose
REDWOOD FORESTS
STATE FLOWER
SANTA
FARM LAND
MOVIES LOS ANGELES
PASADENA
DEATH VALLEY
GOLDEN POPPY
DESER-
PAC

Postcard 3 (dinosaurs):

EL MUNDO DE LOS DINOSAURIOS
Maravillas prehistóricas en un
parque pintoresco.

Querida Nadia,
He contado 386
vacas hoy.
¡Muuuyyyyyyyy aburrido!
Pero dice mamá que
mañana habremos
llegado. ¡Por fin!
Después de todo esto,
valdrá la pena.

Pood le icku

Nadia Kurz
Calle Sur 61
Barton, CA
91010

Te echo
infinitamente de menos
y tú, ¿ me echas de menos
Te quiere, x x x
amelia ♡

Postcard 4 (bottom):

Querida Nadia,
Todavía me gusta comer
en restaurantes, excepto
que Cleo me vuelve loca.
¡Se pasa el día comiendo
hamburguesas y patatas
fritas! ¡Incluso huele a
hamburguesa y su piel se
está volviendo del color de
las pastosas patatas
fritas!

TRADICIONES AMERICANAS
0.30
TACONES ALTOS

Nadia Kurz
Calle Sur 61
Barton, CA
91010

♡
¡Te echo de menos!
¡Eres demasiado dulce para olvidarte!
♡ ♡   Te quiere, x x O x
amelia

Le regalé un collar a Nadia cuando me marché. Lo hice yo misma con abalorios e hilo de pescar. Hice otro para mí, como el suyo, para que fuéramos gemelas. Llevo mi collar y siento que Nadia está más cerca de mí, pero sigo echándola mucho de menos.

Finalmente, llegamos a la nueva casa, y después de comer en la hamburguesería Bob, el camión de la mudanza llegó con todas nuestras cosas. Creo que la casa no está mal. Cleo está ocupada decorando su nueva habitación, colgando pósters y tomándoselo muy en serio.

↑
LA ÚLTIMA
hamburguesa
de Cleo

Yo sencillamente le dije a mamá que dejara mis cosas en cualquier sitio, no me importa. Solo quiero tumbarme en la cama y mirar por la ventana. Me gustaría convertirme en pájaro y volar de vuelta a casa.

Las ramas

Yo

Ventana nueva, todavía sin cortinas

NO QUITES la etiqueta del colchón, o serás arrestado.

Enchufe, como en mi antigua habitación. Pero es en lo único que se parecen.

Los demás niños están bien, pero aquí no hay nadie como Nadia.

Leah es bastante tranquila y le gusta mucho pintar. Es una buena artista. Todo el mundo lo cree. Creo que tiene su propio diario, como yo. A veces la veo que escribe cosas en él.

"gato" o "g" si suena como "gato", 'escribimos "g".

Max lleva braquets como Nadia. Puede ser simpático pero también muy bestia. Vino a vivir aquí el mes pasado, así que es nuevo como yo.

Amy y Franny son gemelos. Yo no los puedo diferenciar, pero el señor Nudel sí. Debe ser fantástico tener un gemelo. Así, allí donde vayas, tu mejor ~~amijo~~ amigo va contigo.

Sigo haciendo este estúpido error. Leah me explicó una norma para recordar cuando va "g" o "j". Es algo así: delante de "a", "o", "u"

Llevé mi diario al colegio para poder escribir cosas para que me acuerde de explicárselas a Nadia. Ahora es hora de comer. Hoy la comida es estofado de carne, delicias de patatas, melocotón en almíbar, y un brownie. ¡Puaj!

¡Delicias de patatas! (¡¡delicias!!)

Melocotón en almíbar excedente militar de hace 50 años

Brownie fosilizado de la era de los Pica Piedra

Leche (bien)

Comida del perro o charco de barro (elige).

Franklin hizo papilla sus delicias de patata. ¡Qué <u>asco</u>! Ya eran repugnantes antes, pero ahora parecen insectos aplastados. ¡Mario lanzó el melocotón pegajoso a Philip (uno se le pegó a la cabeza)! Mia usó el brownie como cuña para mantener la puerta de la cafetería abierta. (Unos cuantos brownies más y podrán construir el nuevo gimnasio del cual siempre hablan los profesores.)

Por suerte para mí, estoy demasiado ocupada escribiendo para comer.

Les presento: ¡¡Comida de la cafetería!!

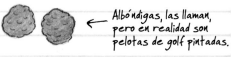

Albóndigas, las llaman, pero en realidad son pelotas de golf pintadas.

Charco de gelatina fundida →

→ Bola de patata aplastada con jugo empalagoso de pegamento

Me bebí la leche, pero el estofado era demasiado repugnante, incluso para olerlo. Jenna dice que utilizaban comida de perro. ¡Yo la creo!

↑
Rollo con sabor a bola de algodón

La única niña que se lo comió todo fue Melissa. Dice que la comida de aquí es mucho mejor que la que le dan en casa. Hasta ayuda a las chicas de la redecilla en la cabeza para poder repetir.

↑
Barrita de pescado, o pasada, o crujiente, pero nunca perfecta, si es que existe un estado de perfección para las barritas de pescado

¿Y qué son esas cosas verdes?

Guiso misterioso. Por qué lo llaman comida es un misterio.

¡Deeeeee-licioso!

¡Ñam!

¡Ñam!

Definitivamente, NO LAS COMAS
↓

Desde ahora, me traeré la comida.

↖ Hace mucho tiempo, esto eran judías verdes. Ahora son gomas pasadas.

Todos los domingos mamá me deja llamar a Nadia, y podemos hablar durante diez minutos. Nadia dice que ella también me echa de menos. Le hablé de mi diario, sobre cómo escribo cosas para contárselas y hago dibujos. Ella dice que debería escribir historias en mi diario, no solo cosas que me pasan. No lo sé. Nadia escribe muy buenas historias. A mí solo me gusta hacer dibujos.

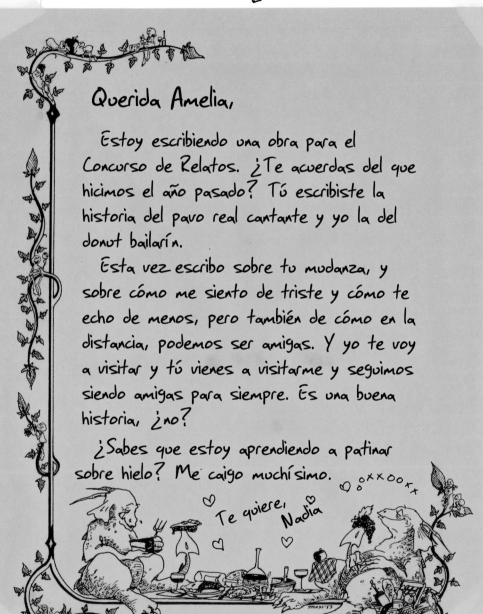

Querida Amelia,

Estoy escribiendo una obra para el Concurso de Relatos. ¿Te acuerdas del que hicimos el año pasado? Tú escribiste la historia del pavo real cantante y yo la del donut bailarín.

Esta vez escribo sobre tu mudanza, y sobre cómo me siento de triste y cómo te echo de menos, pero también de cómo en la distancia, podemos ser amigas. Y yo te voy a visitar y tú vienes a visitarme y seguimos siendo amigas para siempre. Es una buena historia, ¿no?

¿Sabes que estoy aprendiendo a patinar sobre hielo? Me caigo muchísimo.

Te quiere,
Nadia

Este colegio también tiene un Concurso de relatos,
pero no estoy segura de poder escribir una historia.
Ahora ya no puedo escribir sobre mi mudanza, porque Nadia
ya lo está haciendo y no quiero ser una copiona.

También me gustaría aprender a patinar,
pero mamá dice que no, que es demasiado caro.

Bota
lujosa →

→ Cordones elegantes

↑
Cuchillas

↑
El dinero
que se va
volando

Esto →
no es
agua.
Es hielo.

A lo mejor escribo una historia sobre
una patinadora...

Había una vez una niña que quería ser la reina
del hielo. Patinaba todos los días. Después
de mucho tiempo y de mucho practicar, se
convirtió en una gran patinadora. Podía saltar,
girar y hacer piruetas en el aire. Todo esto
mientras patinaba.

← Este niño pierde.

← Este niño gana

En su cumpleaños hizo una fiesta de patinaje. Los niños patinaban y jugaban a ponerle la cola al burro. Patinaron jugando a la silla. Después comieron pastel y helado. La niña llevaba una corona de cumpleaños. Al final su sueño se había hecho realidad. ¡Era la reina del hielo!

Rosas rosas de azúcar

Tarta de chocolate. ¡Por supuesto!

Un montón de regalos preciosos

Es una historia que está bien, pero no lo suficientemente buena para el concurso de relatos. Tengo que seguir probando.

← ¡Este niño pierde de verdad!

← ———— La puerta cerrándose en mi cara

¡Cleo ya tiene una nueva mejor amiga! Cierran la puerta de la habitación y hablan, hablan, hablan y hablan durante horas. Cuando van a la cocina a tomar algo, ni siquiera me dicen "Hola". Actúan como si yo fuera otra silla y no una persona.

La amiga de Cleo se llama Gigi. Y, cómo no, es muy guapa, con pendientes (mamá nos dice a mí y a Cleo que nos los pongamos pero que ¡nunca jamás un piercing en la nariz!).

Gigi cree que Cleo es fantástica, cuando no lo es en absoluto.
Intenta ver comer a Cleo alguna vez y así me entenderás.

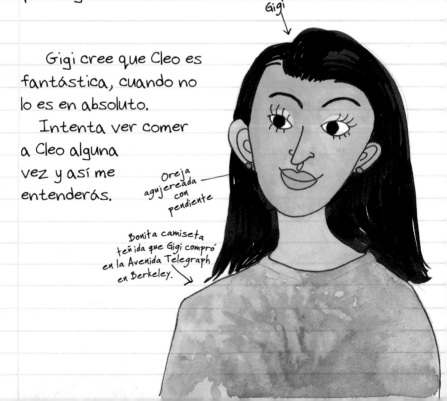

Gigi

Oreja agujereada con pendiente

Bonita camiseta teñida que Gigi compró en la Avenida Telegraph en Berkeley.

Gigi educada.
Le gustan las zanahorias.

Una boca educada masticando.
Cerrada, por supuesto.

Gigi come con mordiscos pequeños. Muerde, mastica, traga y después vuelve a morder. Es una manera muy educada de comer.

Sin embargo, Cleo engulle. Muerde, mastica, muerde, mastica. Al final tiene una gran bola en la boca, que mastica, mastica y mastica, (¡como una vaca!) y cuando traga, al final, puedes ver una gran bola que le baja por el cuello.

Boca maleducada masticando para que puedas verlo todo) (abierta, por supuesto, migas que caen fuera de la boca. ¡Puajjj! masticar, masticar, masticar, masticar, masticar...

Cleo

Bola de comida

Migas

Hamburguesa, su aburridísima comida.

Bicho aplastado
¡Ups!

Cleo ha estado mirando mi diario, y está enfadada conmigo por lo que he escrito sobre ella. ¡Se lo merece!
No debería leer mis asuntos privados.

Cleo, si estás leyendo esto ahora:

LÁRGATE

y...

¡¡¡NO ENTRES!!!

PRIVADO

TOP SECRET!!

PELIGRO:
LEER ESTE MATERIAL
PODRÍA RESULTAR
PELIGROSO PARA
SU SALUD.

PAPEL ESPECIAL PARA
HUELLAS
Tus huellas se están
grabando ¡AHORA!

Estoy pensando en otra historia para el Concurso de Relatos. Tal vez escriba sobre Cleo: ¡sería una comedia!

Nadia dice que le preguntó a nuestra profesora (en realidad, es su profesora, mi vieja profesora, la señorita Kim) si podía escribir también para su concurso ¡y dijo que sí! Así que ahora necesito escribir dos libros, o uno dos veces. (Libros gemelos como Amy y Franny).

Me gusta la idea de tener mi historia cerca de la de Nadia.

↑
Un sello para la carta de Nadia ¡ Me gustaría que estuvieras aquí, como este pescado!

¿Bailamos?

Nadia dice que escribo cartas geniales, así que puedo escribir una buena historia. Yo creo que no es lo mismo.

Entrega la carta lo antes posible, mejor →

De: mi
A: Nadia

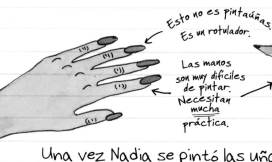

Así es como dibujaba las manos cuando era pequeña.

Empiezo a escribir, pero entonces me vienen cosas a la cabeza. Como por ejemplo veo cómo escriben mis manos, y empiezo a pensar, ¿por qué son tan raras las manos? ¿Por qué tenemos un dedo gordo? ¿Por qué 5 dedos y no 4 o 6? ¿No es impresionante cómo se mueven nuestros dedos y la de cosas que pueden hacer?

Esto no es pintaúñas. Es un rotulador.

Las manos son muy difíciles de pintar. Necesitan mucha práctica.

Los dedos del pie parecen uvas.

Una vez Nadia se pintó las uñas con un rotulador. Le robé a Cleo su pintaúñas morado pasión y me pinté las uñas de las manos y los pies.

Era espectacular, excepto cuando iba a comer algo, a veces me olvidaba de que me había pintado las uñas, y creía que estaba a punto de comerme una uva con cualquier cosa que comiera.

Uva

Cacahuete

Uva

Cleo estuvo enfadada conmigo una semana entera, pero valió la pena.

Ayer fue el cumpleaños de Nadia. Solíamos celebrar nuestros cumpleaños juntas, pues nos llevamos una semana, pero esta vez no ha sido así. Nadia me llamó (aunque no fuera domingo) y me contó su fiesta, la tarta, y todos los regalos. Me hizo llorar. Me hubiera gustado tanto estar allí. Nadia me dijo que me mandaría una bolsa de regalo y una de las velas de su tarta. Obviamente, no puede mandarme un trozo, solo llegarían migas, así que ha hecho un dibujo para que yo pueda ver lo bonita que era.

Qué bonito.

El dibujo de Nadia de
↓   su tarta

Vela
↓

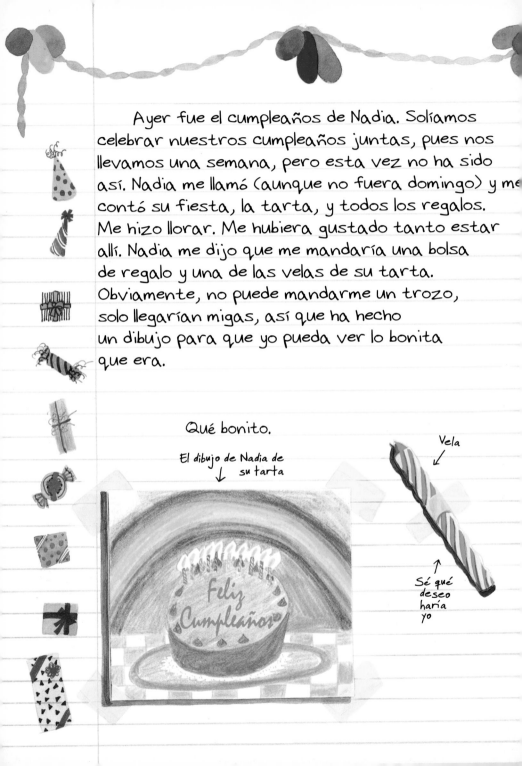

Feliz
Cumpleaños

↑
Sé qué
deseo
haría
yo

Lápiz con el arco iris →

Estaba en la bolsa de regalo con otras cosas que he dibujado en esta página. ↗

Le envié un regalo, pero dice que todavía no lo ha recibido. Es un kit de experimentos para hacer uno mismo, porque a Nadia le encantan los experimentos. A mí también. Me encantaría poder hacerlos con ella, pero no puedo. Mamá dice que la puedo visitar en las vacaciones de verano, pero todavía falta mucho. Para entonces ya habrá hecho todos los experimentos.

Bolsa de regalo ↓

Hoy he recibido la bolsa de regalo de Nadia. La guardaré aquí; así durará para siempre.

← Anillo

Goma de borrar con forma de helado ←

↑ Pegatinas

Matasuegras. ↗ Tienes que soplar para que suene

Hoy he estado dibujando en la pizarra durante la hora del recreo porque me sentía demasiado triste para ir al patio y jugar. Dibujé a Nadia de la manera que la recuerdo. Una vez dibujé su cara en la pizarra de mi antigua escuela y ella lo vio y no le gustó nada. Ella dijo que su nariz parecía un grifo, pero en realidad, parece un grifo. Las narices son divertidas, es así. Incluso en las princesas.

Nadia: Tampoco le gustó cómo le dibujé el pelo.

Pelo de helado esponjoso

Corona de diadema

Ñam Ñam

Nariz refinada y delicada de princesa

Pendientes de diamantes

Perlas

Dibujo de Nadia →

Si te fijas en las narices, así es como son.

Página de Narices

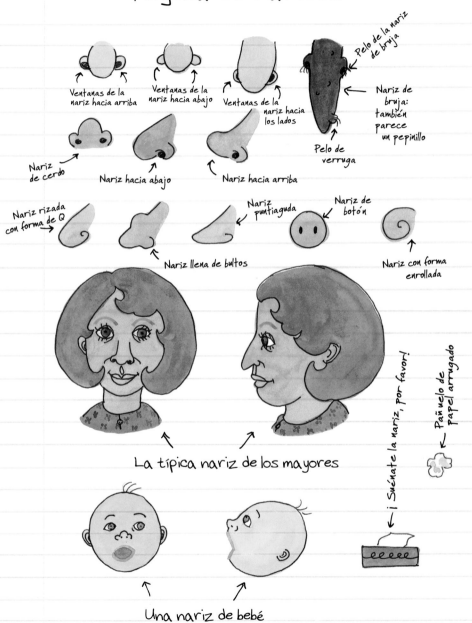

Ventanas de la nariz hacia arriba

Ventanas de la nariz hacia abajo

Ventanas de la nariz hacia los lados

Pelo de la nariz de bruja

Nariz de bruja: también parece un pepinillo

Pelo de verruga

Nariz de cerdo

Nariz hacia abajo

Nariz hacia arriba

Nariz rizada con forma de Q

Nariz llena de bultos

Nariz puntiaguda

Nariz de botón

Nariz con forma enrollada

La típica nariz de los mayores

¡Suénate la nariz, por favor!

Pañuelo de papel arrugado

Una nariz de bebé

Una niña de mi clase, Leah, me vio
dibujar todas las narices y vino a verme. Dice
que soy muy buena artista. Le dije que ella
es famosa por ser una <u>artistaza</u> en nuestro
colegio. Me dijo que tenía <u>un nuevo</u> estuche de
rotuladores y acuarelas y que si quería ir a su
casa después del colegio y pintar con ella.
¡¡Quería!!

Nadia siempre será mi amiga, pero ahora es
una amiga lejana. También necesito una amiga que
esté cerca. Alguien a quien invitar a mi fiesta de
cumpleaños, si alguna vez celebro una fiesta
de cumpleaños.

Yo, el día de mi cumpleaños: si hiciera una fiesta, ¿Quién vendría?

← Un lazo de fiesta en la cabeza

← Un vestido de fiesta

← También lleva un lazo en la espalda.

← Panties de fiesta

← Zapatos de fiesta que hacen cloc, cloc, cuando andas.

Mi viejo osito de peluche

Am mi vieja muñeca de trapo

Mi viejo Credo, Pal

Ellos pueden venir a mi fiesta.

Lápiz de color

Lápiz de cera

Rotulador

Pincel

Leah tiene una habitación muy bonita con un tablón cubierto con todos sus dibujos y pinturas. Ella es muy buena, eso seguro. Yo también hice unos dibujos muy bonitos en su casa. En mi dibujo preferido aparecemos Nadia, Leah y yo, las tres de picnic debajo del arco iris.

Mi dibujo favorito

Lugar para crear nuevos colores

Leah tiene rotuladores, pinturas, lápices de cera y lápices de colores. Los usé todos para hacer este dibujo.

Pinturas: Qué colores más bonitos

Lugar para poner los pinceles

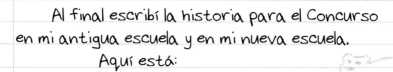

Al final escribí la historia para el Concurso en mi antigua escuela y en mi nueva escuela.

Aquí está:

Érase una vez una niña que quería una nube de mascota. Sería suave y esponjosa y adorable y no mancharía la alfombra. Pero no sabía cómo coger una nube. Lo intentó usando una red. No tuvo suerte. Lo intentó con una caña de pescar y la lanzó al cielo. Tampoco. No llegaba lo suficientemente arriba. Lo intentó haciendo volar una cometa untada con pegamento. Pensaba que tal vez una nube se pegaría al pegamento, pero ninguna lo hizo.

Cometa

Así que decidió actuar como si todas las nubes fueran suyas, y las guardara todas en el cielo para que pudieran flotar por todas partes. Cuando quería una, ella silbaba y una nube iría en busca de una palmadita y un abrazo.

Les puso nombres, como Muñeco de nieve, Pelusa suave, Pelota secreta y Neblina.

Y cuando tenía que mudarse lejos, a una nueva casa, a una nueva escuela, a una nueva ciudad, las nubes iban con ella. ¡La seguía allá donde iba!

El día de su cumpleaños, le hicieron una fiesta en una nube enorme, con un pastel de arco iris, y ella era muy feliz.

Fin

↑
Un trozo
de pastel
de arco iris

Viaje en un cohete espacial

EEUU

GRAN GLOBO

Saturno

Jupiter con su mancha roja

Mamá dice que para mi cumpleaños puedo invitar a una amiga y podemos ir juntas al Space World. Podremos montar en todas las atracciones y comer algodones de azúcar y comprar globos enormes.

Se lo propuse a Leah ¡y me dijo que sí! No es lo mismo que una fiesta con Nadia, pero, aun así, está muy bien.

Nadia me llamó, y me dijo que tenía mi regalo y mi historia de la nube, y le han encantado los dos. Y, además, ¡guarda el kit de experimentos para hacer conmigo cuando la visite!

Ella dice que me echa de menos. "Escríbeme", dice, "hazme más dibujos". Le prometo que lo haré y le digo que también la echo de menos.

Probeta hirviendo del estuche de experimentos

Polvos misteriosos para mezclar en un tubo de prueba

¡Tengo una GRAN idea! le enviaré una nueva historia, completa con dibujos. Tengo que escribir una. ¡Pero AYUDA! No tengo más espacio. Esta es la última página de mi diario. Mejor que le diga a mamá que eso es lo que quiero para mi cumpleaños. ¡Un diario totalmente nuevo!